Inhalt

Einleitung

Diese Geschichten sind für ein wundervolles, fantastisches, großes und starkes Mädchen, jemand der dich wirklich von Herzen gerne hat, schenkte dir dieses Buch.

Der Mensch, welcher es dir gegeben hat, möchte dir damit etwas sagen: Du bist einzigartig; ein wundervolles Mädchen mit einem klugen Kopf, einem löwenstarken Herzen und einem wunderschönen Lachen, das alle mitreißen kann.

Die folgenden kleinen Geschichten wurden für mutige, starke Mädchen geschrieben, so wie du eines bist.

Du findest nach jeder Geschichte tolle Ausmalbilder mit wichtigen Botschaften, die du am besten in bunten Farben ausmalst.

Lass dir eines sagen, liebes Mädchen, und merke es dir gut: **Du bist wunderbar und fabelhaft. Bleibe bitte genauso wie du bist, denn so bist du perfekt!**

ICH BIN TOLL
SO WIE ICH BIN

Angst vorm ersten Schultag

„Ich kenne aber doch dort fast niemanden", quengelte Lydia und dicke Tränen kullerten ihr über ihre vor Aufregung geröteten Wangen. Ihre Mutter wiegte sie wie ein kleines Mädchen in den Armen. Normalerweise fühlte sich Lydia dafür schon viel zu groß, aber heute ging es ihr wirklich schlecht, da konnte sie schon mal eine Ausnahme machen und sich von ihrer Mutter ein wenig trösten lassen.

„Sieh mal mein Schatz, einige Kinder aus deinem Kindergarten kennst du doch schon und für die anderen Kinder ist die Situation ebenso neu und aufregend, wie für dich. Du brauchst dich nicht zu fürchten, meine Süße. Manchmal muss man sich einfach nur trauen, neue Dinge auszuprobieren. Du wirst dich sicher ganz schnell in der Schule einleben und richtig viel Spaß haben. Und denk doch nur an deinen wunderschönen Ranzen, den du zu Weihnachten unterm Tannenbaum gefunden hast; und an deine prall gefüllte Schultüte. Ich bin schon so gespannt, was darin sein wird", sagte Mama und wischte ihr liebevoll die Tränchen aus dem Gesicht. Gleich fühlte sich Lydia schon sehr viel besser.

Ein paar Tage später war es dann soweit. Mit Mama an der einen und Papa an der anderen Hand betrat Lydia zur Einschulung die Aula. Alles war so groß und hübsch dekoriert. Lydia

hielt ihre knallbunte Schultüte in den Händen. In einem unbeobachteten Moment schüttelte sie neugierig die Tüte. Was wohl darin sein mochte? Als sie an diesem Morgen aufgestanden war, war Lydia schon ein wenig aufgeregt gewesen, doch dann hatte sie sich die Worte ihrer Mutter zu Herzen genommen.
Manchmal muss man sich einfach nur trauen, neue Dinge auszuprobieren!!! Und nun stand sie hier in der großen Schulaula und stellte überrascht fest, dass ihre Angst völlig unbegründet gewesen ist. Es war schön hier und sie kannte schon viel mehr Kinder als sie es vorher hätte ahnen können. Fast ihre halbe Kindergartengruppe sollte mit ihr in ein und dieselbe Klasse gehen, was Lydia mehr als beruhigend empfand.
Dann trat eine junge Frau ans Podium. Sie stellte sich als die neue Klassenlehrerin vor.

„Guten Morgen meine lieben Schülerinnen und Schüler, liebe Eltern, Omas und Opas. Ich bin Frau Kolibri und heiße euch an der Regenbogengrundschule herzlich willkommen."
Lydia applaudierte laut und musste ein wenig kichern, weil ihre Lehrerin so einen lustigen Namen hatte. Frau Kolibri, wie ein Vogel. Das Mädchen war überrascht, so eine junge und hübsche Lehrerin zu bekommen und sehr erleichtert. Wenn sie vorher an die Schule gedacht hatte, hatte sie sich immer eine alte, böse drein blickende, schrumpelige Frau mit einer Warze auf der Nase und einem krummen Buckel vorgestellt – so etwa wie eine Hexe aus dem Märchen Hänsel und Gretel. Aber Frau Kolibri sah ganz und gar nicht wie eine Hexe aus, im Gegenteil. Lydia mochte sie sofort, schon von der ersten Sekunde an. Sie mochte es, wie die blauen Augen der Frau vergnügt funkelten. Das Mädchen wusste sofort, dass man mit ihr an

der Seite eine schöne Schulzeit würde erleben können.

Nach der Einschulung luden Mama und Papa Lydia zur Feier des Tages in eine Pizzeria ein. Das Mädchen bestand darauf, seine Bestellung heute selbst beim Kellner aufzugeben.
Der junge Mann trat mit seinem Notizblock an ihren Tisch.
„Was darf ich dir bringen, hübsches Fräulein?“ wollte er wissen und zückte seinen Bleistift. Lydia musste nicht lange überlegen.
„Eine Salamipizza bitte, und zwar eine extra große. Ich bin nämlich schon ein Schulkind“, posaunte sie stolz heraus. Der Kellner gratulierte ihr überschwänglich und zündete dann auf dem Tisch die Kerze an. Er versprach Lydia, ihr nach der Pizza ein Eis zu spendieren. Bei großen Schulmädchen gehe das natürlich aufs Haus, meinte er und zwinkerte Lydia lustig zu. Sie fühlte sich, wie

eine Prinzessin. Sie war jetzt ein Schulkind und etwas ganz Besonderes.

Während dem Essen unterhielt sich das Kind mit seinen Eltern.
„Mama, Papa, das war heute so ein toller Tag", sagte Lydia und stopfte sich noch ein großes Stück seiner Pizza in den Mund.
„Ich fand es auch toll. Die ganzen bunten Ballons. Dort würde ich auch so gerne zur Schule gehen", meinte Papa.
„Da darf nur ich hin", kicherte Lydia und streckte ihm die Zunge heraus.

„Hast du denn aus dem heutigen Tag etwas gelernt, mein Schatz?", fragte Mama. Lydia dachte eine Weile nach. Dann nickte sie ernst. „Meine ganze Angst war umsonst gewesen. Die Schule ist so schön. Ich wollte, es wäre schon morgen früh, damit ich wieder hingehen könnte", sagte Lydia.

„Siehst du mein Schatz, das meinte ich. Manchmal muss man sich einfach nur trauen, neue Dinge auszuprobieren. Meistens wird es viel schöner als man sich das vorher vorstellen kann. Ich bin stolz auf dich, meine kleine Maus. Du bist ein tolles Schulkind, du wirst deinen Weg gehen und eine wunderschöne Schulzeit haben. Wir glauben an dich. In dir steckt sehr viel mehr als du selbst manchmal denkst.", sagte Mama und Papa nickte zur Bestätigung.

Die ganze große Pizza schaffte Lydia an diesem Tag dann doch nicht mehr, aber das lag nur daran, dass sie im Bauch noch einen Platz für das versprochene Eis brauchte.

Als die Familie zu Hause war, durfte Lydia endlich ihre Schultüte öffnen. Sie fand einige spannende Kinderzeitschriften für Mädchen darin, Esspapier, etwas Schokolade und eine Spieluhr mit einer tanzenden Ballerina. Das Schulkind jubelte vor Glück; diese Spieluhr hatte es sich schon so lange gewünscht.

An diesem Abend schlief die Kleine glücklich und zufrieden ein und träumte noch einmal von ihrem wunderschönen ersten Schultag.

ICH BIN WUNDERVOLL

Oh oh, Alina hat was ausgefressen

Alina stapfte mit ihrem Ball durchs Treppenhaus und hinterließ matschige Fußabdrücke auf jeder Stufe. Ihre Mutter stand schon in der Wohnungstür des Mehrfamilienhauses, in welchem sie lebten.

„Hallo Maus, du bist sicher durstig. Komm herein, aber zieh deine dreckigen Schuhe bitte aus.“ Mit diesen Worten strich Alinas Mutter dem Mädchen eine Strähne ihres blonden Haares aus der Stirn. Dann stellte sie ihrer Tochter ein großes Glas Mineralwasser auf den Tisch. Alina trank es in gierigen Zügen aus und leckte sich dann zufrieden die Lippen.

„Würdest du der alten Frau Kramer von unten einen Gefallen tun, mein Schatz?", wollte die Mutter wissen. „Die arme Frau hat heute wieder so schlimme Knieschmerzen, dass sie kaum laufen kann." „Klar Mama, welchen denn?", fragte Alina. Sie mochte die alte Frau Kramer sehr gerne. Die hatte immer ein nettes Wort auf den Lippen und ein Bonbon für das Mädchen in der Tasche. Sie war schon fast wie eine Oma für Alina.

„Würdest du ihr bitte zum Bäcker ein Brot kaufen gehen? Den Weg schafft sie heute einfach nicht."
Alina nickte eifrig.

„Das ist so lieb von dir, mein Schatz. Dann geh kurz runter zu ihr und frag sie, was genau sie haben möchte. Sie wird dir dann auch gleich das Geld mitgeben."

Alina drehte sich auf dem Fuß um und war im Begriff, davonzueilen. Da hielt ihre Mutter sie noch einen Moment zurück.

„Du bist so ein liebes Mädchen. Ich bin ganz stolz auf dich, dass du bereit bist, anderen zu helfen. Und Frau Kramer schafft den Weg heute wirklich nicht.“ Mit diesen Worten gab ihre Mutter ihr einen dicken Kuss. Alina lächelte stolz. Sie war im Begriff, eine gute Tat zu tun und das erfüllte sie mit Stolz und Freude.

Sie stürmte die Treppe hinunter und klingelte bei Frau Kramer. Die alte Frau öffnete schwerfällig die Tür.
„Alina, dich schickt der Himmel. Deine Mutter hat mir schon gesagt, dass du mein Brot kaufen gehst. Dafür bin ich dir so dankbar, denn meine Beine wollen heute nicht so, wie ich es will. Du gutes Kind, vielen Dank.“

„Bitte Frau Kramer, das mach ich doch so gerne für sie“, sagte Alina und ließ es sich gern gefallen, dass ihre Nachbarin ihre Wange tätschelte.

„Leider habe ich nur noch drei Euro im Haus. Mit meinen Knien kann ich nicht alleine zur Bank gehen. Das Geld reicht für das Brot, aber leider nicht für die Bonbons, die ich dir sonst zum Dank spendiere. Es tut mir leid, wir holen das nach. Einverstanden, Alina?“
Das Mädchen nickte geduldig. Sie half ihrer Nachbarin gerne und verzichtete großmütig auf die Belohnung. Dann machte es sich auf den Weg zum nahe gelegenen Bäcker.
„Ein Pfund Mischbrot, ein Pfund Mischbrot …“ flüsterte sie auf dem Weg immer wieder, damit sie sich an die Bestellung erinnern würde. Sie betrat die wohlduftende Bäckerei. Dann stellte sie sich in die Warteschlange und betrachtete die Auslagen.

Plötzlich riss sie überrascht die Augen auf. Was lag denn da auf dem Tresen? Ihre Lieblings-Sammelkarten, die mit den Wildpferden? Die waren doch wochenlang ausverkauft gewesen. Alina war so traurig gewesen, denn sie hatte ihr Sammelheft nicht füllen können. Dass es nun nach so vielen Wochen wieder Sammelkarten zu kaufen gab, das grenzte an ein Wunder. Alina konnte vor Freude nicht mehr klar denken.
„Was kann ich für dich tun?", fragte die Verkäuferin freundlich.
„Sammelkarten für drei Euro, bitte", sagte Alina und merkte selbst kaum, was sie da tat. Sie musste diese Karten einfach haben. Das war vielleicht die letzte Gelegenheit, bevor sie ihr jemand vor der Nase wegschnappen würde. Die Verkäuferin reichte ihr mehrere Päckchen ihrer Lieblingskarten und nahm Alinas Geld entgegen. Frau Kramers Geld, um es genau zu sagen, doch das war Alina in diesem Moment gar nicht bewusst gewesen.

Glücklich ging sie aus dem Laden. Sie würde sich die Karten für zu Hause aufheben und sie dort ganz in Ruhe betrachten. Hoffentlich hätte sie diesmal Glück und würde die Nummer 33 finden; eine ganz besonders seltene Karte.

Als Alina schon ganz nahe an ihrem Zuhause war, fiel ihr plötzlich mit Schrecken ein, was sie getan hatte. Sie hatte sich so sehr über die Sammelkarten gefreut, dass ihr das gar nicht bewusst war, was sie tat. Sofort bekam Alina Bauchschmerzen vor schlechtem Gewissen. Sie hatte der armen alten Frau Kramer nichts zu essen mitgebracht und zudem das letzte Geld ausgegeben, dass die Frau zu Hause gehabt hatte. Alina hielt sich den schmerzenden Bauch fest und schämte sich in Grund und Boden.

Was hatte sie nur getan? Und was sollte sie jetzt bloß machen? Sie blickte vor Scham unter sich und sie konnte die Tränen nicht länger zurückhalten. Dann fielen Alina die Worte ihrer Mutter ein, welche sie schon so oft gehört hatte.

„Du bist ein besonderer Schatz, mein Kind. Ich helfe dir immer, egal was passiert. Wenn du einmal etwas ausgefressen hast, dann komm zu mir nach Hause und sei ehrlich. Wenn ich weiß, was geschehen ist, dann kann ich dir helfen. Wir finden immer für alles eine Lösung und jeder Mensch macht auch mal einen Fehler. Ich werde immer für dich da sein und dich immer lieb haben, auch wenn du mal etwas falsch machst."

Als das Mädchen an diese Worte dachte, wusste es sofort, was zu tun war. Alina lief eilig die Treppe hinauf und klopfte an die Tür seiner Mutter. Kaum hatte diese geöffnet, fiel das Mädchen ihr laut schluchzend in die

Arme. Die Mutter drückte es fest an sich und strich ihr beruhigend über den Rücken.
„Was ist denn passiert, mein Schatz?“, wollte sie in sanftem Ton wissen und schob ihre Tochter auf das Familiensofa. Sie setzte sich neben ihr Kind und drückte beruhigend seine Hände. Mit Blicken munterte sie es auf, einfach zu erzählen, was geschehen war.

„Mama, ich habe richtig Mist gebaut“, gestand Alina und erneut kullerten ihr dicke Tränen über die Wangen. Dann erzählte das Mädchen aufgeregt seiner Mutter, was es getan hatte.
„Ich wollte das gar nicht, Mama. Wirklich nicht. Aber als ich diese Karten gesehen habe, da konnte ich an nichts anderes mehr denken. Es tut mir so leid, wirklich“, schloss Alina mit einem lauten Schniefen. Nachdem sie ihre „Tat“ gestanden hatte, ging es ihr gleich schon viel besser. Ihre Mutter strich ihr

erneut beruhigend das Haar aus dem tränennassen Gesicht, bevor sie sprach.

„Es ist erst mal sehr gut, dass du damit zu mir gekommen bist. Ich werde dir helfen, mein Schatz. Du hast einen Fehler gemacht, aber den bringen wir jetzt gemeinsam wieder in Ordnung. Wir gehen jetzt rasch in die Bäckerei und kaufen Frau Kramer ein neues Brot. Das Geld für die Sammelkarten werde ich dir vom nächsten Taschengeld abziehen. Unserer alten Nachbarin erzählen wir nichts von der Sache, das bleibt unser kleines Geheimnis, mein Schatz. Ich hab dich so lieb, auch wenn du mal was falsch machst. Das macht jeder Mensch ab und an." Die Mutter lächelte Alina aufmunternd an und zwinkerte ihr verschwörerisch zu. Alina lächelte unendlich erleichtert zurück und nahm ihre Mutter fest in den Arm. Die eigenen Eltern wissen einfach immer, was zu tun ist. Alina konnte ihnen blind vertrauen, in wirklich jeder erdenklichen Lebenslage.

Dann gingen die beiden zusammen zum Bäcker und brachten Frau Kramer im Anschluss ihr Mischbrot nach Hause. „Alina, du bist so ein gutes Kind. Vielen herzlichen Dank für das Brot. Mein Sohn war eben hier und hat mir den Weg zur Bank abgenommen. Hier schenke ich dir fünf Euro zum Dank. Davon kannst du dir was Nettes kaufen. Sie sollen beim Bäcker wieder diese Pferdesammelkarten haben, auf die ihr Kinder doch so verrückt seid", sagte die alte Frau und nahm dankbar ihr Brot entgegen.

„Frau Kramer, sie brauchen doch nicht ...", setze Alinas Mutter an. „Papperlapapp. Das gute Mädchen hat es wirklich verdient. Einen schönen Tag euch noch, ihr Lieben", sagte Frau Kramer und schloss leise die Wohnungstür. Alina und ihre Mutter sahen sich an und zwinkerten einander zu. Von dem Geld konnte das Mädchen seine Schulden für das Brot bei ihrer Mutter bezahlen und hatte sogar noch etwas für weitere Sammelkarten über.

Als Alina abends im Bett lag und ihre Mutter ihr eine Geschichte vorgelesen hatte, sagte sie:

„Danke Mama." „Wofür denn, mein Schatz?", wollte die Mutter lächelnd wissen. „Dafür, dass ich immer zu dir kommen kann. Auch wenn ich mal einen Fehler gemacht habe", sagte das Mädchen leise. „Dafür brauchst du dich nicht zu bedanken, mein Schatz. Du bist toll so wie du bist. Ich hab dich von ganzem Herzen lieb, auch wenn du einen Fehler machst. Du sollst niemals Angst haben, zu mir zu kommen – egal was passiert ist, ich bin doch deine Mama. Ich helfe dir immer, auch wenn du später groß bist. Zusammen sind wir so stark, mein wunderbares Mädchen. Ich bin stolz darauf, dass du den Mut hattest, damit zu mir zu kommen."

Nun konnte Alina mit einem ruhigen Gewissen und einem glücklichen Gefühl im Herzen einschlafen. Wenn sie wieder mal ein Problem hätte, würde sie genau wissen, an wen sie sich immer wenden konnte.

ICH BIN BESONDERS

Der verletze Vogel

„Wetten, dass ich schneller da hinten am Baum bin als du?", rief Johanna fröhlich und lief schon los. Tobias stolperte hinter ihr her, aber konnte seine beste Freundin nicht mehr einholen. Atemlos ließen die Kinder sich ins weiche Gras fallen und rangen um Luft.

„Du hast gemogelt, du bist viel früher losgelaufen", sagte Tobias und zog eine beleidigte Schnute, aber im nächsten Moment lachte er schon wieder. „Ich habe zwei Trinkpäckchen dabei, willst du Kirsche, oder lieber Apfel?", wollte Johanna wissen, doch im nächsten Moment hielten die Kinder inne, als sie ein leises Piepen vernahmen.

„Was war das?", wollte Tobias wissen und Johanna zuckte mit den Schultern. Die Kinder lauschten noch angestrengter.
„Das kommt hier von hinter dem Baum", vermutete Johanna und die beiden standen auf. Sie suchten das hohe, weiche Gras ab und im Schatten hinter der großen Eiche sahen sie die Bescherung.

„Oh nein, ein verletzter Vogel. Sieh doch nur, der Arme. Sein Flügel steht so komisch ab."
Die Kinder beugten sich über das offensichtlich verwundete Tier, welches nicht mehr fliegen konnte und kläglich piepste.
„Wir müssen ihm helfen!", sagte Tobias und streckte die Hände aus.

„Nicht!", hielt Johanna ihn auf. Tobi sah sie fragend an.
„Wir dürfen ihn nicht einfach anfassen. Verletzte Tiere, die man findet, können

Krankheiten übertragen." Johanna sah ihren Freund warnend an.

„Aber wir müssen ihm doch helfen", wand Tobias ein.
„Lass mich einen Moment überlegen. Ich rufe meine Mutter, sie wird wissen, was zu tun ist. Warte hier, ich lauf schnell heim und hole sie. Nicht anfassen, hörst du?" Schon lief Johanna davon. Die Kinder wohnten nur wenige Meter weit weg. Zu Hause angekommen, klingelte Johanna Sturm, bis ihre Mutter die Tür öffnete.

„Mama, Mama", rief das Mädchen aufgeregt und bekam fast keine Luft. „Immer langsam mein Schatz, einmal tief durchatmen. Was ist passiert? Ist mit Tobi alles okay?"
Johanna nahm einen tiefen Atemzug und sammelte sich einen Moment.

„Wir haben einen verletzen Vogel gefunden, unten bei den Bäumen", brachte das aufgeregte Mädchen schließlich hervor.
„Ihr habt ihn hoffentlich nicht angefasst?", wollte die Mutter sofort wissen. „Nein, das wissen wir doch, dass wir das nicht dürfen. Komm mit, wir müssen ihm helfen. Bitte Mama", fügte Johanna noch hinzu als sie den skeptischen Blick ihrer Mutter sah. „Du hast recht, wir können ihn nicht einfach liegen lassen. Warte einen Moment, Kind. Ich hole rasch meine Gummihandschuhe und dann komme ich mit."
Mit ihren gelben Putzhandschuhen kam die Mutter mit hinaus in die parkähnliche Anlage. Johanna zog sie am Ärmel, damit sie schneller ging. „Ist gut mein Schatz, ich komm doch schon", sagte die Mutter lachend und beeilte sich. Dann kamen sie bei Tobias am Baum an und beugten sich zu dritt über den verletzten Piepmatz.

„Ach so ein kleiner süßer Vogel", sagte die Mutter mitleidig.
„Wir müssen ihm helfen", bat nun auch Tobi mit flehendem Blick.

Johannas Mutter betrachtete das Vögelchen von allen Seiten.
„Er scheint sich seinen Flügel gebrochen zu haben. Entweder ist er hier vom Baum gefallen … aber dafür scheint er mir schon ein wenig groß zu sein. Das ist kein Baby mehr …" überlegte sie laut. „Oder?", wollten Johanna und Tobi gleichzeitig wissen. „Oder er wurde vielleicht von einer Katze gefangen und verletzt", mutmaßte die Mutter weiter. Johanna flüsterte Tobi was ins Ohr und dieser nickte entschlossen.

„Mama?"
„Was denn mein Schatz?"
„Wenn Tobi und ich unser Taschengeld zusammenlegen, könnten wir dann mit dem

Vögelchen zum Tierarzt gehen? Bitte, bitte!“, flehte Johanna.
Die Mutter sah die Kinder erstaunt an.
„Das würdet ihr wirklich tun? Euer Taschengeld opfern, um einem verletzen Vogel zu helfen? Euer ganzes Geld?“, fragte sie verblüfft.

„Jaaaa!!!“, bestätigten beide Kinder im Chor.
„Wir sind nämlich Tierschützer“, fügte Johanna stolz hinzu und Tobias nickte zustimmend.
„Kinder, das ist so lieb von euch, aber das braucht ihr gar nicht. Was meint ihr denn, wozu ich die Gummihandschuhe mitgebracht habe? Wir heben den kleinen Piepmatz jetzt auf und bringen ihn hier in der Nebenstraße zu Doktor Seifert, dem Tierarzt. Johanna kennt ihn schon, da waren wir des Öfteren mit unserem Meerschweinchen Friedolin. Um die Kosten braucht ihr euch nicht zu sorgen, die übernehme ich natürlich. Das ist doch

Ehrensache, denn ich bin auch eine Tierschützerin."

Mit diesen Worten streifte die Mutter ihre Gummihandschuhe über und hob den verletzten Vogel vorsichtig auf. Sie trugen ihn zu Herrn Doktor Seifert, der sich auch sogleich Zeit für sie nahm. Nach einer gründlichen Untersuchung erachtete er das Tier an sich für gesund, bloß hatte es sich tatsächlich einen Flügel gebrochen.

„Das wird wieder, Kinder. Ich habe hier ein dünnes Tape, damit bandagieren wir den Flügel und dann kann er in Ruhe ausheilen. Ihr habt dem Vogel das Leben gerettet. In diesem Zustand hätte er sich nicht mehr um seine Nahrungsbeschaffung kümmern können. Wenn das Tape bald entfernt wird, sollte der Flügel verheilt sein und das Tier wieder flugtauglich sein." Johanna freute sich über die tollen Nachrichten und auch ihre

Mutter und Tobias waren sehr erleichtert. „Wer kann sich denn so lange um den Kleinen kümmern, bis er wieder gesund ist und ausgewildert werden kann?“, wollte der Tierarzt wissen.
„Wir nehmen ihn mit. Wir haben noch einen alten Vogelkäfig von unserem verstorbenen Kanarienvogel auf dem Dachboden, den können wir verwenden. Selbst das Futter habe ich eingepackt und aufgehoben. Als wenn ich es geahnt hätte, dass wir es mal wieder brauchen werden“, sagte die Mutter.
„Sehr schön, dann machen wir das so.“ Der Arzt nannte einen Termin, wann er das Tape wieder entfernen würde. Dann würde der Flügel verheilt sein und der Vogel dürfte wieder in Freiheit leben.
„Vielen Dank, Herr Doktor. Sie haben sich sofort Zeit für uns genommen, das weiß ich sehr zu schätzen. Was schulde ich Ihnen?“, wollte Johannas Mutter wissen, während sie dem Arzt herzlich die Hand schüttelte.

„Nichts, das war doch Ehrensache, Frau Müller", erwiderte der Arzt und lächelte den Kindern verschwörerisch zu. „Ich bin nämlich auch ein Tierschützer, wie ihr beiden", sagte er noch und zwinkerte.

Einige Wochen später:
„Flieg, kleiner Piepmatz, hinaus in die Freiheit", sagte Johanna. Sie stand mit ihrer Mutter und ihrem besten Freund im Park, genau an der Stelle, wo sie ihren Vogel zuvor verletzt aufgelesen hatten.

„Der Flügel ist wunderbar verheilt", hatte Herr Doktor Seifert gesagt, nachdem er das Tape gelöst und den Vogel noch einmal gründlich untersucht hatte. „Nun sollte das kleine Kerlchen wieder flugtauglich sein."

Und nun standen sie hier. Johanna war fast ein wenig traurig, ihren gefiederten Freund nun einfach so ziehen zu lassen. Aber sie

wollte nur das Beste für ihren Vogel und das war nun mal die Freiheit. Ein Stück weiter hörte sie fröhliches Gepfeife, das genau so klang wie das ihres Piepmatzes.
„Das ist deine Familie, da oben in den Bäumen. Die warten schon alle auf dich“, sagte Johanna. Ihr Vögelchen hüpfte vergnügt aus dem geöffneten Käfig und flatterte vorsichtig. Das klappte prima. Er setzte sich auf den Käfig noch einen Moment nieder, als wenn er sich bei Johanna, Tobias und der Mutter bedanken wollte. Ein weiterer pfeifender Gruß erklang, dann breitete er seine Flügel aus und flog ohne Probleme in die Bäume hinaus, wo er schon aufgeregt von anderen Vögeln begrüßt wurde. Johanna sah ihm gedankenverloren nach. Es war so ein gutes Gefühl, eine Tierschützerin zu sein.

„Jetzt ist er wieder gesund und glücklich. Ihr könnt richtig stolz auf euch sein, Kinder. Und jetzt hat sich jeder Tierschützer hier einen

großen Eisbecher verdient, was meint ihr dazu?“, wollte die Mutter wissen.
„Jaaaaa!!!“, schrien die Kinder im Chor und rannten los.

ICH BIN MUTIG

Das kleine Monster im Kleiderschrank

Samira war überzeugter als jemals zuvor. In ihrem Kleiderschrank saß ein Monster, welches sich vor ihr versteckte.

„Ich bin schnell drüben bei der Nachbarin, frische Mirabellen vom Baum pflücken. Ich brauche nicht lange, Samira. Robert hält in seinem Zimmer seinen Mittagsschlaf, lass ihn bitte in Ruhe. Wenn was ist, weißt du ja, wo du mich findest. Drüben bei Natascha im Garten, okay?", hatte ihre Mutter gesagt und schon war sie weg. Jetzt hatte Samira den Salat mit dem Monster in ihrem

Kleiderschrank. Niemand war da, der ihr hätte helfen können und ihr kleiner Bruder Robert schlief. Nach dem Kindergarten war er immer so müde.

Sie hatte die Anwesenheit des Monsters gleich gespürt, als sie ihr Zimmer betreten hatte. Es atmete leise im Schrank, Samira konnte es hören, auch wenn sich das Monster offensichtlich sehr darum bemühte, unentdeckt zu bleiben. Hatte es etwa Angst vor dem Mädchen, oder wollte es nur den richtigen Moment abwarten, um Samira einen gehörigen Schrecken einzujagen? Eines war klar, sie würde gegen das Biest ankämpfen und ihren schlafenden Bruder wie eine Löwin verteidigen. Kein Monster auf der Welt hatte das Recht, sich ungefragt in Samiras Kleiderschrank zu verstecken.
Am liebsten hätte das tapfere Mädchen seine Mutter um Hilfe gerufen, doch dafür würde es sein zu Hause einen Augenblick verlassen

müssen und wer weiß, wo sich das Monster danach verstecken würde? Vielleicht gleich im Zimmer ihres Bruders, das konnte Samira auf keinen Fall zulassen. Die Kleine überlegte angestrengt, wie sie sich würde gegen das Monster verteidigen können. In ihrem Schrank hörte sie ein leises Schaben, welches ihr eine Gänsehaut über den ganzen Körper jagte. Leise öffnete Samira ihre Zimmertüre einen Spalt und huschte hindurch. Auf Socken schlich sie in die Küche. Dort auf der Spüle stand der saubere und inzwischen getrocknete Kochtopf, in welchem die Mutter Kürbissuppe zubereitet hatte. Den stülpte sich Samira über den Kopf. Er sollte einen Helm darstellen. Dieser war zwar etwas zu groß geraten und rutschte immer wieder über die Augen, aber zur Verteidigung war er trotzdem bestens geeignet.

Dann lief Samira leise weiter ins Badezimmer. Sie schnappte sich den knallroten Lippenstift ihrer Mutter. Damit malte sie sich auf beide Wangen jeweils drei lange, rote Streifen, sozusagen als Kriegsbemalung. Sie wusste nicht, wie das Monster aussah und wie groß es war, aber mit dieser Bemalung würde sie es sicher genauso schlimm erschrecken, wie umgekehrt. Dann überlegte das Mädchen, mit welcher Waffe sie das Monster überwältigen könne. Sie entschied sich kurzerhand für einen Kindertennisschläger von Robert und hielt ihn fest in der Hand. Sie schmiedete einen Plan, der garantiert funktionieren würde. Dafür brauchte sie nur noch eine Sache – eine Tüte Mehl aus der Küche. Wenn sie das Monster aus dem Schrank heraus gescheucht hätte, würde sie ihm den Inhalt der Tüte über den Kopf schütten. Davon würde die Kreatur im Kleiderschrank so kräftig niesen müssen, dass sie keine Chance mehr dazu hätte, einfach so zu flüchten. Siegessicher schlich Samira sich auf diese Art bewaffnet zurück in ihr Zimmer.

Sie hoffte inständig, dass das Monster noch in ihrem Kleiderschrank säße und sich nicht inzwischen ein neues Versteck gesucht hätte.

Das mutige Mädchen schlüpfte in sein Zimmer und saß sich leise auf sein Bett. Es spitze die Ohren und lauschte angestrengt nach verdächtigen Geräuschen aus dem Kleiderschrank.

Und tatsächlich. Es dauerte nicht lange und schon konnte Samira es wieder atmen hören. Außerdem raschelte es leise im Schrank. Die Mutter hatte ihre Winterjacken in eine Tüte eingepackt, um sie vor Kleidermotten zu schützen. Das Monster musste wohl auf oder neben dieser Tüte sitzen. Dann ertönte ein unterdrücktes Niesen.

„Na warte", dachte Samira. „Du wirst gleich noch viel mehr niesen, wenn ich dich in einer Wolke aus Mehl eingehüllt habe". Mit klopfenden Herzen stand das Mädchen auf und wagte sich ein Stückchen näher an den Kleiderschrank heran. Dann noch ein Stückchen. Samira fürchtete sich vor dem Monster, ohne Frage. Sie wusste ja auch überhaupt nicht, was für ein abscheuliches Geschöpf sie da erwarten würde. Dennoch war sie ein starkes Mädchen und musste tun, was sie tun musste. In diesem Fall ihren kleinen Bruder Robert beschützen. Sie fühlte sich wie eine Kriegerin auf großer Mission. Kneifen gilt nicht, da musste sie jetzt einfach durch. Für die Familie!

Sie trat noch ein kleines Stückchen näher, doch dann hörte sie ein Geräusch aus dem Schrank, welches Samira durch Mark und Bein ging, ein Knabbern. Scharfe Zähne, die sich durch das Holz ihres Kleiderschrankes fraßen. Ernährte sich das Monster etwa von Holz? Samira würde nicht zulassen, dass das Ding im Inneren ihren geliebten Kleiderschrank fraß, genug war genug. Sie richtete noch einmal ihren Suppentopf-Helm auf dem Kopf; griff beherzt zum Griff ihres Kleiderschrankes und riss mit lautem Kampfgebrüll ihren Kleiderschrank auf. Ehe sie hinter den Kleidern etwas erkennen konnte, hatte sie die gesamte Mehltüte in den Schrank gekippt, sodass fast das ganze Zimmer mit einer undurchsichtigen weißen Wolke verhangen war. Der Plan schien aufzugehen. Samira konnte zwar immer noch nichts sehen, aber das Monster nieste nun heftig ein aufs andere Mal.

„Nimm das, du Ungeheuer!", schrie Samira und griff beherzt in den Schrank. Sie bekam das Monster an einem Arm zu fassen – ein erstaunlich dünnes Ärmchen, wie sie im nächsten Moment registrierte. Während sie es aus dem Schrank zog, wurde ihre Zimmertür aufgerissen.

„Was macht ihr denn hier? Was ist hier los? Alles voll Mehl? Das kriegen wir nie wieder sauber. Du solltest Robert doch in Ruhe schlafen lassen, Samira!“ Die Mutter in der Tür war fassungslos angesichts der riesigen Mehlwolke und Samiras merkwürdigem Aussehen; dem Helm, der Kriegsbemalung und dem Tennisschläger in der Hand. Der Boden, die gesamte Kleidung und ihre Kinder, alles war von einer feinen Mehlschicht überzogen. Mit offenem Mund stand die Mutter im Türrahmen und wusste nicht mehr, was sie sagen sollte.
„Aber … da war doch ein Monster … ich wollte Robert beschützen …“, stammelte Samira entschuldigend. Ihre Hand hielt immer noch den Arm des „Monsters“ umklammert, welches verblüffende Ähnlichkeit mit ihrem Bruder Robert hatte. Was war geschehen?

Eine halbe Stunde später waren die schlimmsten Mehlspuren beseitigt und die

Familie konnte herzlich über Samiras Heldentat lachen. Nun wusste das Mädchen auch, was wirklich passiert war: Ihr kleiner Bruder hatte nicht schlafen können und war heimlich durchs Haus gehuscht, in Samiras Zimmer, weil er mit ihr spielen wollte. Dort hat er die Kekse seiner Schwester gefunden. Als die Mutter zur Nachbarin ging und Samira zu ihrem Zimmer zurücklief, hatte der kleine Mann Angst, seine Schwester könne wegen der geklauten Kekse böse sein und hat sich schnell in Samiras Kleiderschrank versteckt. Weil ihm dort aber langweilig war, knabberte er eben weiter an den Keksen seiner Schwester.

„Ich finde es aber ganz toll, dass du uns und dein Zuhause so vor dem Monster verteidigen wolltest. Und das, obwohl du sicher Angst hattest“, lobte die Mutter ihr mutiges Mädchen.

„Ich hatte wirklich etwas Bammel, aber jetzt weiß ich, dass es keine Monster gibt. Außer vielleicht kleine süße Krümelmonster“, sagte Samira und wies lachend auf ihren Bruder. Ihre Familie lachte herzlich mit.

ICH KANN DAS

Sei mutig

Laura stand am Abgrund. Genauer gesagt stand sie eigentlich nur auf einem drei Meter Brett im Schwimmbad, unter ihr das glitzernde, hellblaue Wasser. Aber es fühlte sich an, als stünde sie an einem Abgrund.

Jonas, Niko, Colin … alle waren sie ohne zu Zögern gesprungen; sie schienen auch noch Spaß daran zu haben, beim Springen die verrücktesten Verrenkungen zu machen und laut zu johlen. Aber Laura fürchtete sich vor dem Sprung. Frau Pirot, ihre überstrenge Sportlehrerin, war ihr auch wirklich keine Hilfe. Sie warf Laura einen genervten Blick zu und schaute dann demonstrativ auf ihre wasserfeste Uhr.

„Wird das heute noch was?“, rief sie herauf. Laura schluckte, wusste nicht, was sie sagen oder tun sollte. Wenn sie jetzt umkehrte, wäre sie dem Gespött der ganzen Klasse ausgeliefert. Man würde sie einen Feigling nennen. Die anderen Kinder würden sie auslachen. Laura wusste selbst nicht, warum sie solche Angst vor diesem Sprung hatte. Sie ging gerne ins Schwimmbad. Sie schwamm und tauchte sehr sicher, fast wie eine Meerjungfrau. Ihre Mutter nannte sie zum Spaß oft eine „kleine Badenixe“, weil sie das Wasser so liebte. Aber das war der Punkt – Laura liebte das Schwimmen. Das Springen hingegen jagte ihr riesengroße Angst ein. Das raue Sprungbrett wippte bedrohlich unter ihren nackten Füßen. Die Knie des Mädchens fühlten sich so weich wie Pudding an. Lauras Herz pochte so heftig, dass sie es

in ihren Ohren rauschen hören konnte. Ihre Hände zitterten unkontrolliert.
Frau Pirot pfiff schrill in ihre Trillerpfeife. „Jungs und Mädels, wir machen Schluss für heute. Laura, steig wieder runter. Das wird wohl nichts mehr. Schade um die Zusatznote."

Laura war traurig. Sie fühlte sich wie eine Versagerin und war im Begriff, wieder vom Brett zu steigen und über die steilen Stufen vom Sprungturm herunterzuklettern. Doch dann überlegte sie, was ihre Mutter ihr wohl raten würde? Ihre Mutter wusste immer, was zu tun war.

„Mein Schatz", würde sie sagen. „Du musst das nicht tun. Diese Extranote ist nicht wichtig. Du sollst niemals etwas tun, was du nicht möchtest. Ich bin immer stolz auf dich und habe dich lieb, egal ob du dich traust von diesem blöden Brett zu springen, oder nicht. Auf der anderen Seite ist es gut, seine Ängste manchmal zu überwinden. Schaffen würdest du es locker, davon bin ich fest überzeugt. Entscheide es so, wie du es möchtest. Ich bin so stolz auf dich, was auch immer du machst, mein Schatz." Laura war überzeugt, dass ihre Mutter genau das sagen würde, wenn sie jetzt hier wäre.

„Ich mach es!", verkündete sie laut, noch bevor sie auch nur richtig darüber nachdenken konnte.
„Du machst es? Wirklich?", fragte Frau Pirot überrascht.
Lauras Mitschüler blickten alle zu ihr herauf.
Lauras Herz schlug immer schneller.

„Es ist nur ein Sprung ins Wasser. Das schaffst du", redete sich Laura selbst Mut zu.
Zwei kleine Schritte auf den Abgrund zu.
Dann hielt das Mädchen die Luft an, schloss die Augen und sprang entschlossen.

Als Laura wieder an die Wasseroberfläche schwamm, Luft holte und die Augen öffnete, jubelte die Klasse und Frau Pirot klatschte sogar für ihre mutige Leistung.

„Klasse Laura, das gibt eine Eins extra. Schöner Sprung und toll, dass du dich überwunden hast“, lobte sie das Mädchen. Laura lächelte verlegen. So ein Lob hatte sie gar nicht von der sonst ziemlich strengen Frau Pirot erwartet. Sie schwamm an den Rand und stieg aus dem Becken. Ihre Freundin Janine wartete dort schon auf sie.

„Ich habe mich heute wieder nicht getraut“, sagte Janine. „Klasse, dass du es geschafft hast. War es sehr schlimm?“
„Nein gar nicht. Im Gegenteil, jetzt wo ich weiß, wie es ist, würde ich es jederzeit wieder tun. Es ist lustig und wenn man gerade und mit geschlossenen Beinen springt, tut es wirklich überhaupt nicht weh, kein bisschen.

Die Angst war völlig unbegründet", sagte Laura und war richtig stolz auf sich, dass sie sich überwunden hatte, zu springen.

„Wirklich? Vielleicht trau ich mich das nächste Mal dann auch", meinte Janine hoffnungsvoll. „Ich kann ja vor dir springen, dann bist du sicher auch mutiger", versprach Laura.
An diesem Nachmittag erzählte das Mädchen zu Hause seiner Mutter in allen Einzelheiten, was sich im Schwimmunterricht zugetragen hatte.

„Mein Schatz, ich bin so stolz auf dich. Aber ich wäre auch gar nicht böse oder enttäuscht gewesen, wenn du dich nicht getraut hättest. Ich habe dich so lieb. Du sollst niemals was machen, das du nicht wirklich möchtest, hörst du mein Schatz? Trotzdem – es ist toll, dass du deine Angst überwunden hast. Du bist so ein mutiges Mädchen." Die Mutter

küsste ihr Kind auf die Wange und nahm es fest in den Arm.
Laura kicherte. „Ich wusste genau, dass du das sagen würdest, Mama“, sagte sie und drückte sie zum Dank so fest wie sie irgendwie konnte. Ihre Mutter war die Allerbeste!

ICH SCHAFFE DAS

Maya hilft, dass Tierheim zu retten

Noch im Schlafanzug bekleidet schlurfte Maya in die Küche, wo ihre Eltern schon am Tisch saßen.

„Guten Morgen", gähnte das Mädchen herzhaft und streckte sich noch einmal genüsslich.
„Guten Morgen, kleine Schlafmütze", antwortete ihr Papa.
Ihre Mutter gab ihr einen Kuss und drückte sie sanft auf ihren Stuhl.

„Cornflakes mit warmer Milch? Oder lieber Haferflocken mit einer klein geschnittenen Banane?", wollte ihre Mutter wissen. Maya entschied sich für Cornflakes. Ihre Mutter

servierte ihr das Frühstück, während ihr Vater geräuschvoll seine Zeitung umschlug. Maya liebte diese Sonntagmorgen mit der Familie.
„Oh, unser städtisches Tierheim ist in Gefahr", las ihr
Papa laut aus seiner Lektüre vor.

„Was ist damit?", wollten Maya und ihre Mutter gleichzeitig wissen. Ihr Papa überflog die Anzeige rasch und meinte dann, es gäbe zu viele bedürftige Tiere und viel zu wenig finanzielle Zuschüsse. In letzter Zeit wäre eine große Anzahl an Haustieren einfach ins Tierheim abgeschoben worden. Der Unterhalt dieser Tiere wäre so teuer und die Spendenbereitschaft der Bevölkerung so gering, dass man sich kaum noch genug Futter für die Tiere würde leisten können. Wenn sich die Lage innerhalb kurzer Zeit nicht verändere, dann würde das Tierheim schließen müssen.

„Was passiert dann mit all den Tieren, wenn das Tierheim schließen muss?", wollte Maya wissen. Für das Thema Tierschutz hatte sie sich schon immer sehr interessiert.
„Das weiß ich nicht genau, aber es ist nicht gut, wenn das Tierheim schließen müsste. Schließlich sind die Tiere auf die Hilfe der Menschen angewiesen. Ich verstehe auch nicht, wie man sein eigenes Haustier einfach so abschieben kann, nur weil man vielleicht keine Lust mehr darauf hat, sich darum zu kümmern", meinte die Mutter kopfschüttelnd. Maya und ihr Papa gaben ihr recht.

Am Nachmittag erledigte das Mädchen noch den Rest seiner Hausaufgaben, doch immer wieder schweiften seine Gedanken ab. Wie könnte man das Tierheim bloß unterstützen und das Schließen der Einrichtung verhindern? Maya wusste es nicht, doch die

Gedanken daran ließen dem Mädchen keine Ruhe.
Am nächsten Morgen in der Schule:
„Kinder, in zwei Wochen haben wir Projektwoche. Heute ist es unsere Aufgabe, uns endgültig auf ein Projekt zu einigen, damit wir im Anschluss noch genügend Zeit für die Vorbereitung haben. Es sollte einem guten Zweck dienen. Wir wollen gemeinsam was bewegen. Wir wollen lernen, wie viel wir zusammen schaffen können, wenn wir richtig an einem Strang ziehen. Hat denn jemand eine gute Idee für ein Projekt?", wollte die Lehrerin Frau Kurz wissen. Maya meldete sich aufgeregt. Ihr Herz pochte. Die Projektwoche, die hatte sie völlig vergessen. Das könnte die Lösung sein, um die das Mädchen sich seit dem Tag zuvor so sehr gesehnt hatte.
„Maya bitte", sagte Frau Kurz.

„Wir müssen das städtische Tierheim retten“, verkündete Maya. Frau Kurz schien aufrichtig interessiert zu sein und auch die anderen Kinder hörten gut zu. Alle mochten Tiere, jeder wollte mitmachen und helfen. In wenigen Sätzen erklärte Maya, um was es ging. Dann zückte sie den Zeitungsartikel aus ihrem Ranzen, welchen sie am Vortag ausgeschnitten und in ihren Rucksack gesteckt hatte, um ihn ihrer besten Freundin Vanessa zu zeigen. Sie legte den Artikel ihrer Lehrerin vor.
„Kinder, wer wäre denn für dieses Projekt? Ich kann nicht mit Sicherheit versprechen, dass wir das Tierheim retten können, aber zumindest können wir helfen.“

Zu Mayas großer Überraschung meldete sich die gesamte Klasse. Alle wollten mitmachen und den Tieren so ihr Zuhause sichern.

„Gut, dann wird das unser Projekt in der Projektwoche. Ich werde es so dem Schuldirektor vorstellen. Maya, eine klasse Idee, wirklich!", lobte sie das Mädchen und Maya wurde ein wenig rot an den Wangen.

Noch vor der Projektwoche besorgte die Lehrerin bei der Stadt eine sogenannte Spendengenehmigung und am ersten Tag der Projektwoche startete die Klasse dann gemeinsam in ihr Vorhaben.

Am ersten Tag statteten sie dem Tierheim einen Besuch ab. Maya war überwältigt von den vielen süßen Tieren, welche sie in tadellos gepflegtem Zustand vorfand. Hunde, Katzen, Meerschweinchen, zahme Hausratten und einige kleine Igel; alle sahen sie satt und zufrieden aus. Die Kinder konnten sich nicht an den putzigen Gesellen satt sehen. Vor allem ein kleiner Mischlingshund hatte es Maya besonders angetan. Er reichte ihr bis an

die Knie, war schwarz - weiß und sah so lieb und niedlich aus. Der Kleine hatte so ein freundliches Gesicht. Und einen kleinen schwarzen, fast herzförmigen Fleck auf seiner sonst weißen Stirn. Mit einem fragenden Blick auf die Tierheimleiterin und ihrem Nicken ließ sich der kleine Hund von dem Mädchen streicheln. Er leckte ihr die Hand ab und ließ sich kraulen. Auf dem Anhänger seines Halsbandes war der Name „Peterle“ eingraviert worden.
„Wer gibt denn solch liebe, kluge Tiere einfach wieder ab?“, wollte Maya von der Leiterin des Tierheims wissen.
„Nun, viele Menschen kaufen sich ein Tier, ohne sich zuvor ordentlich über die Haltung dessen erkundigt zu haben. Hinterher stellen sie dann fest, dass es ihnen vielleicht doch zu viel Arbeit ist, dreimal am Tag mit dem Hund rauszugehen und schon wird er hierher abgegeben. Oder das Hauskaninchen wird größer als vermutet und passt einfach nicht

mehr zur Einrichtung. Da gibt es so viele Möglichkeiten, leider.
Wenn man sich ein Haustier anschaffen möchte, sollte man sich im Vorfeld lange und gründlich mit der Haltung dieses Tieres beschäftigen, damit man auch wirklich weiß, was auf einen zukommt. Der Kauf eines Tieres darf niemals eine überstürzte Handlung aus einer Laune heraus sein, sondern muss von A bis Z gründlich durchdacht werden. Viele Menschen geben ihre Tiere auch hierher ab, weil diese alt sind und zu hohe Tierarztkosten verursachen, aber auch hiermit muss man sich am Anfang beim Kauf Gedanken machen, wenn das Tier noch jung und gesund ist. Die gesundheitlichen Probleme kommen meist mit dem Alter. Aber Peterle wurde nicht abgeschoben, wie die vielen anderen Tiere hier. Sein Besitzer war alt und konnte sich nicht mehr um ihn kümmern, weil er schlecht laufen konnte. Er kam ins Altenheim und seine Familie brachte

Peterle zu uns, weil sie alle berufstätig sind und sich nicht regelmäßig ums Gassi gehen hätten kümmern können."

Maya und ihre Klassenkameraden hörten interessiert zu.
„Wir versuchen, Spendengelder für das Tierheim zu sammeln. Wie können wir Ihnen noch ganz konkret helfen?", wollte Frau Kurz von der Heimleiterin wissen.
„Da gibt es einiges, was uns helfen würde. Wir sind dankbar für Futterspenden. Vor allem Hundefutter und Katzenfutter wird hier in rauen Mengen von unseren Vierbeinern verbraucht. Aber auch für Nagerfutter und Vogelfutterspenden sind wir sehr dankbar. Sägespähnen und Heu als Einstreu wird täglich in großen Mengen benötigt, das geht mit der Zeit auch ganz schön ins Geld. Und vor allem muss unser finanzielles Problem bekannter werden. Wir liegen hier im Industriegebiet sehr versteckt und viele

Menschen wissen gar nicht, dass es hier ein Tierheim im Ort gibt, oder sie denken nicht mehr daran. Wenn man sich ein Haustier wünscht, macht es keinen Sinn, immer gleich ein „neues" Tier im Geschäft zu kaufen. Hier sollte man sich umsehen. Alle Tiere, welche sie hier sehen können, suchen dringend ein neues Zuhause in einer liebevollen Familie. Wenn wir Tiere in gute Hände vermitteln, schaffen wir auch wieder Platz für andere hilfsbedürftige Tiere. Derzeit sind wir so überfüllt, dass wir keine Tiere mehr aufnehmen können. Wir geben unsere Tiere gegen eine geringe Schutzgebühr ab, aber dennoch überprüfen wir sorgfältig, ob der mögliche neue Halter auch für das Tier geeignet ist", sagte die Leiterin des Heims.

„Den größten Gefallen könnt ihr den Tieren damit tun, dass ihr hier über dieses Tierheim sprecht. Macht es bekannter; weist Menschen darauf hin, dass es diese Einrichtung hier gibt. Mit eurer Hilfe können wir es vielleicht schaffen. Wir möchten weiterhin für die Tiere da sein, doch uns gehen die finanziellen Mittel aus“, sagte sie abschließend.

Schon am nächsten Tag machte sich die Klasse mit Feuereifer ans Werk. Frau Kurz bildete vier Gruppen aus jeweils sechs Kindern. Maya war in der Gruppe „Spenden sammeln“. An diesem Nachmittag klapperten die Kinder zusammen mit ihrer Lehrerin in der angrenzenden Stadt die Fußgängerzone ab. Sie hielten Passanten an, erklärten die Misere des Tierheims und erlebten die Großzügigkeit mancher Anwohner. Fast niemand hatte bisher was von dem Tierheim und dessen Schwierigkeiten gehört. Die Menschen waren überrascht von dieser unschönen Neuigkeit und die meisten steckten gleich ein Geldscheinchen in die Spendendose. Maya war überwältigt von der Hilfsbereitschaft der Menschen.

„Seht ihr, die meisten wissen gar nichts von den Problemen des Tierheims. Darum sagte die Leiterin auch, wir sollen darüber sprechen und das Thema Publik machen."
Nach ein paar Stunden hatte die „Spendengruppe" tatsächlich mehrere hundert Euro gesammelt, was zwar noch nicht reichte, das Tierheim zu retten, aber immerhin ein beachtlicher Anfang war und für einen wirklich großzügigen Tierfuttereinkauf reichen würde. Frau Kurz hatte den örtlichen Stadtanzeiger über die Aktion der Schule informiert und kurz vor Schluss kam ein Fotograf. Er unterhielt sich mit den Kindern, der Lehrerin und schoss ein paar Fotos von der Gruppe. Am nächsten Tag würde darüber ein größerer Artikel im Stadtanzeiger erscheinen, der für eine noch größere Reichweite sorgen sollte. Eine super Idee, wie Maya fand.

Die folgenden Tage war die Klasse damit beschäftigt, weiterhin auf das Problem des Tierheims aufmerksam zu machen; Spenden zu sammeln, sowohl Futterspenden als auch Geldspenden und eine Anzeige zu schalten, um Tierfreunde zu finden, welche einem älteren Tier aus dem Heim ein neues Zuhause schenken wollten. Die Kinder und die Lehrerin zogen an einem Strang. Maya lernte in dieser Woche, dass man so vieles gemeinsam in einer Gruppe bewältigen kann, wenn man nur zusammen hält. Der Artikel über die fleißige Klasse im Stadtanzeiger schlug im Ort ein wie eine Bombe. Plötzlich wollten so viele Menschen helfen und spenden, auch von den Nachbarorten. Der Stein geriet richtig ins Rollen durch diesen Artikel. Maya war so stolz, denn sie war namentlich als die Ideengeberin für die Projektwoche genannt worden. Dennoch hätte sie das hier niemals alleine schaffen können. Ihre Eltern lobten das Mädchen. Sie waren so stolz auf ihre kleine Kämpferin. Ihre Mutter hatte Freudentränen in den Augen, als sie das Bild ihrer Tochter in der Zeitung sah.

Am Ende der Woche stattete die Klasse dem Tierheim erneut einen Besuch ab. Die Tierheimleiterin empfing sie mit einem strahlenden Lächeln.
„Ihr habt das Unmögliche geschafft. Unsere Existenz hier ist durch eure Aktion für mindestens ein weiteres Jahr gesichert und die Hilfe reißt gar nicht mehr ab. Durch eure Artikel wurden schon sieben Tiere in wirklich vertrauenswürdige Hände übergeben. Vier unserer Hunde, zwei Katzen und ein Kaninchen. Jetzt haben wir wieder Plätze frei. Ab jetzt wollen auch wir regelmäßig Anzeigen schalten, das war eine super Idee.

Mit den Spendengeldern konnten wir große Futtervorräte anlegen und Einstreu für die

nächsten Monate vorkaufen. Außerdem sind viele Privatspender gekommen und haben uns mit großzügigen Futterspenden versorgt. Durch die Anzeige im Stadtanzeiger wurde der Herr Bürgermeister auf unser Problem aufmerksam. Nächste Woche will er uns besuchen kommen und ein Arrangement mit uns vereinbaren, denn auch die Stadt will uns von nun an finanziell unterstützen. Tierschutz geht alle etwas an. Jeder kann schon mit kleinen Spenden mithelfen, das Überleben der Tiere zu sichern. Kinder, ihr könnt richtig stolz auf euch sein. Das ist große Klasse, was ihr in einer Woche geleistet habt. Dafür bin ich euch von ganzem Herzen dankbar", sagte die Leiterin. Die Kinder und Frau Kurz applaudierten und waren ganz glücklich und ausgelassen.
„Ist Peterle denn noch da, oder wurde er auch adoptiert?", fragte Maya. Sie hatte den kleinen Hund nicht vergessen können.

„Er ist noch hier. Du kannst ihn jederzeit besuchen kommen“, meinte die Leiterin.
Maya konnte sich noch von ihrem Lieblingstier verabschieden. Sie kraulte sein weiches Fell.
„Wir sehen uns wieder, das verspreche ich dir“, flüsterte sie ihm leise zu, damit sie niemand hören konnte.
„Wahnsinn. So eine große Resonanz auf unsere Aktion hätte selbst ich mir nicht vorstellen können“, sagte die Lehrerin zu ihren Schülern als sie zurück in der Schule waren. Vor allem hat die Stadt das Problem jetzt erkannt, das hat das Tierheim nur eurem Einsatz zu verdanken. Ihr könnt mächtig stolz auf euch sein. Maya, das war eine super Idee von dir. Das war die effektivste Projektwoche, welche ich in meinen ganzen Jahren als Lehrerin jemals erlebt habe. Prima Kinder, das hat sich doch gelohnt.“

Eine Woche später …

Es war wieder mal Sonntag und erneut saß Maya gemütlich mit ihren Eltern am Frühstückstisch. Vor sich hatte sie Waffeln mit leckerer Schlagsahne stehen.

„Mama, Papa? Ich habe einen Wunsch“, sagte Maya und schaute ihre Eltern spitzbübisch an.

„Was möchte unsere kleine Heldin denn?“, fragte ihr Papa und wuschelte ihr liebevoll durchs Haar.

„Also ...“, setzte Maya an, weil sie nicht wusste, wie sie anfangen sollte.

„Raus mit der Sprache, mein Schatz“, meinte Mama aufmunternd.

„Also da gibt es so einen Herzenswunsch. Das wäre mir wichtiger als alles andere. Ich habe euch doch von dem kleinen Hund erzählt. Peterle, erinnert ihr euch?“, wollte Maya wissen. Vorsichtig versuchte sie abzuschätzen, wie ihre Eltern wohl auf ihre Bitte reagieren würden.

Ihre Mutter verschluckte sich fast an ihrem Kaffee und ihr Vater grinste verschmitzt. „Du meinst den Hund, von dem du den ganzen Tag lang unentwegt erzählst?", wollte er lachend wissen. „Genau der." Maya verstand die Reaktion ihrer Eltern nicht. Warum lachten die so, das war ein ernstes Thema. Sie hatte ihre Frage nicht mal stellen können. Schon standen ihre Eltern überstürzt vom Küchentisch auf. Ihre Mutter nahm sie am Arm und führte sie zur Abstellkammer. Sie öffnete die Tür und Maya verstand die Welt nicht mehr. Im Regal der Kammer lag ein brandneues Hundekörbchen. Ferner ein großer Sack Hundefutter, eine Leine, ein Hundekamm, ein neuer Napf, ein stählernes Trinkgefäß und weiteres Zubehör für Vierbeiner. Schon wieder hatte ihre Mutter Tränen in den Augen.
„Was ist hier los?", fragte Maya verwirrt.
„Ich glaube, wir müssen unser Töchterchen aufklären", sagte ihr Papa lachend.

Die Mutter sah ihr Mädchen stolz an.
„Du hast dich so für dieses Tierheim eingesetzt, dass wir der Meinung waren, du hättest dafür eine Belohnung verdient. Deine Lehrerin hat hier angerufen und uns davon berichtet, wie sehr dein Herz an diesem Peterle hängt. Also haben wir uns perfekt über Hundehaltung informiert und alles was wir brauchen im Vorfeld eingekauft und hier vor dir versteckt. Heute Mittag haben wir einen Termin im Tierheim mit der Leiterin vereinbart. Sie ist von deinem Einsatz begeistert und überlässt Peterle niemandem lieber als dir."
Weiter kamen die Eltern nicht, da fiel ihnen Maya laut jubelnd in die Arme.

ICH BIN LIEBEVOLL

Das fremde Mädchen

Die Tür vom Klassenzimmer öffnete sich. Die Schuldirektorin trat mitten im Unterricht ein, in Begleitung eines dunkelhäutigen Mädchens, welches schüchtern und verlegen unter sich blickte und sich kaum traute, den Kopf zu heben. Alles war neu und fremd. Alle schauten sie an, das konnte das Mädchen fühlen. Es hatte Angst, dass die anderen Kinder es nicht mögen würden.

„So liebe Schülerinnen und Schüler“, ergriff die Direktorin, Frau Kessner, das Wort. „Wir haben hier eine neue Schülerin. Ihr Name ist Aminata. Euer Lehrer wird euch noch erklären, woher das Mädchen genau stammt. Seid nett zu ihr und rücksichtsvoll. Sie ist erst seit kurzem in Deutschland und versteht unsere Sprache noch nicht besonders gut. Daher bitte ich euch alle, ihr am Anfang bei der Eingewöhnung gut zu helfen und ihr alles zu zeigen. Kinder lernen unter Kindern schnell eine neue Sprache. Habt ein wenig Geduld mit ihr und denkt daran, wie ihr euch fühlen würdet, wenn alles noch ganz fremd in eurer Umgebung wäre. Behandelt eure neue Mitschülerin so, wie ihr in einem neuen Land; und in einer neuen Klasse gerne behandelt werden würdet", ermahnte sie die Kinder.

Damit schob die Direktorin das Mädchen mitten in den Raum, was Aminata sichtlich unangenehm war. Sie sah aus als würde sie sich am liebsten hinter dem Rücken der stämmigen Frau verstecken. Marie tat sie richtig leid. Es war nicht einfach, die Neue zu sein. Erst recht nicht, wenn man die Sprache

des Landes nicht richtig beherrschte. Dann verließ die Schulleiterin das Klassenzimmer und Aminata stand unentschlossen vor der Klasse. Sie wusste gar nicht, wohin sie vor Verlegenheit noch blicken solle. Der Klassenlehrer eilte ihr zur Seite.
„Herzlich willkommen, Aminata", sagte er und stellte sich beschützend neben das etwas verloren wirkende Kind.
„Wo kann sie denn sitzen?", fragte er die Klasse. Niemand meldete sich, außer Marie.

„Hier neben mir ist frei", sagte sie und klopfte aufmunternd auf den leeren Platz zu ihrer rechten Seite. Sie lächelte freundlich.
„Prima, das ist nett. Hier kannst du Platz nehmen", sagte er zu dem Mädchen und führte es neben Marie auf den Stuhl. Leise setzte das Mädchen sich und der Lehrer fuhr mit seinem Unterricht fort.

„Ich bin Marie", flüsterte Marie und hielt dem Mädchen unter dem Tisch die offene Handfläche hin.
„Aminata", sagte das Mädchen mit einem schüchternen Lächeln und ergriff die Hand erleichtert."
Während dem Unterricht schweiften die Gedanken des fremden Mädchens immer wieder ab. Sie verstand die Worte des Lehrers nicht. Auch vermisste sie ihre Familie im Heimatland. Dort herrschte Bürgerkrieg. Dort zu leben, war gefährlich. Darum waren ihre Eltern, ihre Geschwister und sie hierher geflohen. Sie fragte sich, ob sie hier trotz der sprachlichen Barriere Freunde finden würde. Zu Hause hatte sie viele Freunde gehabt. Es war beruhigend, dass Marie neben ihr saß. Sie schien wirklich sehr nett zu sein, dachte sich Aminata.

Als es zur Pause klingelte, wollte der Lehrer wissen, wer der neuen Schülerin die Schule

zeigen wolle. Wieder war Marie die einzige, die sich meldete. Doch als alles abgemacht worden war, schloss sich ihnen auch noch Jonas an. Er stellte sich bei Aminata vor und die drei zogen los.
Die Kinder erkundeten die gesamte Schule, so wie den Pausenhof. Marie und Jonas zeigten dem Mädchen den Kartenraum. Dort irgendwo würde auch sicher die Karte von Aminatas Heimat stehen. Der Klassenlehrer, Herr Karlsen, hatte versprochen, diese für die nächste Erdkundestunde herauszusuchen und den Kindern zu zeigen, wo Aminata geboren und aufgewachsen war. Marie freute sich schon sehr darauf. Die Mädchen verstanden sich auf Anhieb sehr gut und fingen schnell damit an, sich mithilfe von Zeichen mit Händen und Füßen untereinander zu verständigen. Marie war überrascht, dass die Sprachbarriere sie nicht davon abhalten konnte, sich zu verstehen und fast immer zu wissen, was die andere gerade meinte. Sie

lernte, dass Sprache so viel mehr war als das bloße Aneinanderreihen von vielen verschiedenen Worten. Schon an den Augen und dem Gesichtsausdruck ihrer neuen Freundin konnte Marie so viel ablesen, ohne dass Worte ausgetauscht worden wären.

Mit der Zeit lernten sich die beiden immer besser kennen. Wenn man sich gut kennt, bedarf es keiner Worte, um zu wissen, wie es dem anderen ging.
Die Mädchen saßen von nun an jeden Tag im Unterricht nebeneinander. In der Pause spielten sie zusammen. Nach wenigen Tagen hatten sie zudem überrascht festgestellt, dass sie nur einige Häuser auseinander wohnten und auch den Schulweg zusammen gehen konnten. Es dauerte nicht lange und sie waren dicke Freundinnen geworden, die auch in ihrer Freizeit am liebsten zusammen spielten.

Marie nahm Aminata zu einer Schnupperstunde in ihren Hip-Hop-Verein mit und das Mädchen war nach der Stunde so begeistert davon, dass sie sich nach Rücksprache mit ihren Eltern mit Maries Hilfe ebenfalls im Verein anmeldete. Oft durfte Marie nach der Schule mit zu ihrer Freundin nach Hause, wo Aminatas Mutter afrikanische Speisen zu Mittag zubereitet hatte. Vieles wurde hier mit den Fingern, statt mit Besteck, gegessen, aber daran gewöhnte sich Marie schnell. Die fremdländischen Speisen waren köstlich; wenn auch ganz anders, als das was Marie von ihrer heimischen Küche sonst gewohnt war. Im Gegenzug war ihre neue Freundin begeistert von Maries Leibspeise – Knödel gefüllt mit Leberwurst und mit ausgelassenem Speck.

Nachdem die anderen Kinder der Klasse ihre erste Scheu überwunden hatten, freundeten sich die meisten schnell mit Aminata an, welche erstaunliche Sprachfortschritte machte unter den ganzen Jungs und Mädchen in ihrer Klasse. Es dauerte wirklich nicht lange bis das Mädchen sich morgens richtig auf die Schule freute. Ihre Eltern waren stolz und glücklich, dass sie sich so problemlos hier eingelebt hatte.

Ein dreiviertel Jahr später sprach Aminata schon fast fließend Deutsch. Für ein Wochenende hatte sie mit ihrer besten Freundin Marie einen Zoobesuch geplant. Vor dem Löwengehege ließen sich die Mädchen an einem Tisch mit zwei Bänken nieder. Beide packten aus, was sie sich zu Hause an Köstlichkeiten für ihr Picknick hier im Zoo eingesteckt hatten. Sie aßen und tranken zusammen.

„Marie, ich bin dir sehr dankbar, das weißt du, oder?", wollte Aminata wissen. Marie sah sie erstaunt an. „Wofür denn?", fragte sie überrascht.

„Du hast mir damals so geholfen, als ich die Neue war. Du hast es mir einfach gemacht, mich hier wohl zu fühlen. Und du hast mir immer bei allem geholfen. Heute noch, wenn ich irgendwas nicht richtig verstehe, weil jemand zu schnell spricht und ich über viele Worte noch einen Moment nachdenken muss. Du bist die beste Freundin, die ich mir wünschen kann", sagte sie und nahm Marie fest in die Arme.
„Und du bist die beste Freundin, welche ich mir wünschen kann", gab Marie glücklich zurück und drückte Aminata fest an sich. „Ich habe so viel über deine Heimat gelernt und über deine Kultur. Deine Eltern und auch deine Geschwister haben mich so nett aufgenommen, von Anfang an. Du hast eine tolle Familie. Dir kann ich auch alles anvertrauen", sagte Marie lächelnd. „Beste Freundinnen für immer?", wollte Aminata wissen.

„Oh ja, beste Freundinnen für immer und ewig", sagte Marie. Dann besiegelten die beiden Mädchen ihr Versprechen mit einem „Kleinerfinger-Schwur" und schlenderten im Anschluss, nachdem sie fertig gegessen und getrunken hatten, noch stundenlang gemütlich durch den Zoo.

ICH HAB
MICH LIEB

Das Geheimnis

Nele war so aufgeregt. Sie befand sich auf ihrer ersten kleinen Reise ohne ihre Eltern. Vier Tage Schullandheim. Das war die erste Klassenfahrt für die Schülerinnen und Schüler der fünften Klasse. Klar würde sie ihre Eltern und ihren älteren Bruder Dirk sehr vermissen, aber dennoch freute sie sich wie verrückt auf die Zeit mit ihren Freundinnen und Freunden. Sie war kein kleines Mädchen mehr. Bisher hatte sie höchstens mal eine Nacht hier und da bei ihrer Oma und ihrem Opa verbracht. Natürlich hatte sie ab und an auch schon mal bei einer Freundin übernachtet, aber vier Tage, das war schon lange und sehr aufregend.

Doch schon auf der einstündigen Busfahrt zu ihrer Jugendherberge hin gerieten Neles beste Freundinnen Julia und Emma in Streit. „Warum streitet ihr euch denn schon wieder? Immer das Gleiche mit euch. Das hier soll doch Spaß machen und ihr habt euch die ganze Zeit nur in den Haaren. Vertragt euch doch wieder", versuchte Nele die beiden Kampfhähne zu beruhigen, doch leider ohne Erfolg. Das Mädchen verstand nicht mal, warum ihre Freundinnen sich ständig stritten. Es ging um Nichtigkeiten; wie wer in der Herberge oben und wer unten schlafen dürfe; wer im Bus länger am Fenster sitzen dürfe und wer die längeren Haare hatte. Nele war es gewohnt, dass die beiden Mädchen immer mal wieder in Streit gerieten. Aber heute war es besonders schlimm. Dabei wollte sie doch einfach nur die Fahrt in die große Freiheit genießen, mit ihren besten Freundinnen zusammen. Doch die verdarben ihr durch ihre unnötigen Streitereien den ganzen Tag.

Das würde noch heiter werden, befürchtete Nele, denn die drei sollten sich ein Zimmer teilen. Eine halbe Stunde später eskalierte der Streit so sehr, dass die Lehrerin dazwischen gehen musste und die Mädchen für den Rest der Fahrt sogar auseinandersetzte.

„Wenn das jetzt nicht aufhört, kann ich auch gerne eure Eltern darum bitten, euch abzuholen. Wir alle wollen diesen Ausflug genießen, also Schluss jetzt!", ermahnte sie die beiden gleichermaßen. Nachdem Julia und Emma nun getrennt voneinander weiter fuhren, beruhigte sich die Situation. Aber dies hielt leider nicht lange an. Schon beim Mittagessen in der Jugendherberge ging es erneut los.

„Du hast drei Klöße in deiner Suppe und ich nur zwei. Aber ich mag die Gries-Klößchen genau so gerne wie du", erboste sich Julia und wollte ihren Löffel in Emmas Suppe stecken und ihr einen der Griesklöße klauen. Emma schlug ihr auf die Hand und machte solch ein Theater, dass die Suppe auf die weiße Tischdecke schwappte.
„Finger weg und hol den Löffel aus meinem Teller. Du bist wohl verrückt geworden. Ich hatte das Klößchen zuerst", erboste sich Emma. Erneut sprang die Lehrerin auf und musste die Kampfhähne trennen.

„Wie soll ich euch denn guten Gewissens heute Nacht in einem Zimmer schlafen lassen? Wir müssen eine andere Lösung finden!", sagte sie streng und mit grimmigem Gesichtsausdruck. Ein solches Verhalten duldete sie nicht. Doch die Mädchen bettelten um eine letzte Chance.

„Na gut, eine letzte Chance sollt ihr bekommen, aber wenn es jetzt noch einen Vorfall gibt, dann ist diese Reise für euch vorzeitig beendet. Nehmt das sehr ernst", sagte die Lehrerin mit erhobenem Zeigefinger.
An diesem Mittag unternahm die Klasse eine Wanderung in den Wald. Julia ging neben Nele und Emma hatte sich zu Tom gesellt. Endlich herrschte Ruhe von den Streitereien. Nele fühlte sich traurig. Die Mädchen waren zu dritt befreundet und ständig saß sie zwischen den Stühlen. Jeder wollte sie auf seine Seite ziehen, dabei mochte Nele Julia und Emma gleichermaßen gerne.

„Soll ich dir ein Geheimnis anvertrauen?", riss Julia sie mit flüsternder Stimme aus ihren Gedanken.
„Klar!", sagte Nele und sah ihre Freundin gespannt an.

„Aber du musst mir schwören, dass du keinem was davon erzählst. Es ist unser riesengroßes Geheimnis und du sagst es wirklich keinem. Kann ich mich darauf verlassen?“, wollte Julia wissen.

„Natürlich, versprochen ist versprochen. Ich habe noch nie jemandem von deinen Geheimnissen erzählt. Das weißt du doch.“ Jetzt war Nele aber richtig gespannt. Es schien sich um ein wirklich großes und wichtiges Geheimnis zu handeln. Julia machte eine große Sache draus. Nele konnte kaum abwarten, was es wohl wäre.

„Na los, sag schon“, drängte sie darum. „Hast du heute im Bus mitbekommen, wie Emma immer wieder gesagt hat, dass sie viel längere Haare hat als ich?“, wollte Julia mit einem listigen Gesichtsausdruck wissen. Nele bekam ein ungutes Gefühl.

„Ja schon, aber jetzt fang doch nicht schon wieder mit dem dummen Streit an. Was hat das denn mit deinem Geheimnis zu tun?“, wollte sie zögernd wissen.

„Wenn sie heute Nacht schläft, dann schneide ich ihr mit der Schere ein Stück von ihrem blöden Zopf ab. Dann sehen wir mal, wer hier die längeren Haare hat“, sagte sie boshaft. Nele war über die Worte ihrer Freundin zutiefst erschrocken. So eine Bösartigkeit hätte sie Julia gar nicht zugetraut.

„Das darfst du nicht. Das ist kein lustiger Streich. Das ist gemein. Das sage ich unserer Lehrerin“, platze es empört aus Nele heraus. Emma war auch ihre Freundin. So eine Gemeinheit würde sie nicht zulassen.

„Du hast mir versprochen, das Geheimnis für dich zu behalten. Versprochen ist versprochen. Du musst dich an das Versprechen halten“, setzte Julia Nele unter Druck. Dann ließ sie sie alleine und schloss sich trotzig anderen Klassenkameraden an. Neles schöner Ausflug war gelaufen. Sie hatte Bauchschmerzen und irgendwie ein schlechtes Gewissen.

Niemals zuvor hatte sie ein Geheimnis einer Freundin verraten – niemandem. Doch durfte man so ein Geheimnis für sich behalten? Was Julia da vorhatte, das war kein Kinderscherz. Emma liebte ihr langes Haar. Es war nicht nett von ihr gewesen, damit so anzugeben, aber dennoch konnte Nele doch nicht zulassen, dass Julia Emma ein Stück von ihren wunderschönen Haaren abschneiden würde. Nele hatte das Gefühl, ein großes schweres Päckchen auf ihren Schultern zu tragen; das Geheimnis, welches mit jedem Schritt noch schwerer zu werden schien. Natürlich hatte sie Julia versprochen, niemandem etwas zu sagen. Aber das hier war auch kein Geheimnis, welches sie für sich behalten wollte. Sie war so unsicher, wie sie sich jetzt verhalten sollte. Aber eines war ihr schnell klar – sie musste Emma schützen, und die Tat verhindern. Sie dachte angestrengt darüber nach, was sie nun tun sollte. Wie gerne hätte sie in diesem Moment ihre Mutter um Rat gefragt, aber die Kinder durften keine Handys mit ins Schullandheim nehmen.

Wieder zurück in der Herberge gab es Abendessen; die Nacht rückte unaufhaltsam näher. Nele war den ganzen Nachmittag über sehr still gewesen, weil sie so über ihrem Problem grübelte. Beim Abendbrot hatte sie keinen Appetit; ihr Bauch schmerzte noch immer vor Kummer. Da kam ihre Lehrerin zu ihr an den Tisch. Diese hatte längst gemerkt, dass es Nele nicht gut zu gehen schien. Sie vermutete, dass die Schülerin wohl Heimweh nach ihrer Familie hätte. Schließlich war das Mädchen noch niemals so lange von zu Hause fort gewesen.

„Nele, ich würde gerne mit dir sprechen, Liebes. Kommst du ein Stückchen mit mir spazieren?"

Nele nickte schwermütig. Während der zweite Lehrer die Kinder im Speisesaal betreute, ging Neles Klassenlehrerin mit dem Mädchen hinaus ins Freie. Die Sonne ging langsam unter. Nele zitterte, obwohl sie eigentlich gar nicht fror.

„Dir geht es nicht gut, oder? Hast du Heimweh?", wollte die Lehrerin mitfühlend wissen und streichelte ihrer Schülerin beruhigend über den Rücken.

„Nein, es geht mir nicht so gut, aber Heimweh habe ich eigentlich nicht. Ich habe mich sehr auf diese Klassenfahrt gefreut", sagte Nele leise und konnte es nun nicht mehr verhindern, dass ihr dicke Tränen über die Wangen liefen. Ihr Herz fühlte sich so schwer an. Den ganzen Mittag über hatte sie schon einen dicken Kloß im Hals gespürt und jetzt brach der ganze Kummer aus dem Mädchen heraus.

„Was ist denn los und wie kann ich dir helfen?", wollte die Lehrerin mit besonders sanfter und einfühlsamer Stimme wissen.

Nele zögerte.

„Ich sehe doch, dass dich etwas bedrückt. Es wird dir gleich viel besser gehen, wenn du es mir gesagt hast und ich werde dir auch ganz sicher helfen, dein Problem zu lösen", sprach sie dem traurigen Mädchen weiter Mut zu.

Nele seufzte ziemlich verzweifelt und putze ihre Nase. Dann nahm sie tief Luft.

„Ich habe jemandem versprochen, ein Geheimnis für mich zu behalten. Aber jetzt wo ich das Geheimnis kenne, weiß ich nicht, ob ich das für mich behalten darf", setzte sie vorsichtig an, ohne zu viel zu verraten.

„Jemandem aus unserer Klasse?“, wollte die Lehrerin überrascht wissen. Nele nickte.
„Könnte das Geheimnis jemandem schaden?“, fragte sie als Nächstes und Nele nickte erneut.
„Weißt du, Nele, es ist gut, wenn man jemanden hat, dem man seine Geheimnisse anvertrauen kann. Aber wenn ein Geheimnis jemandem Schaden zufügen kann, dann solltest du es nicht für dich behalten und das mit dir alleine ausmachen. Bitte trau dich und sage es mir. Ich werde nichts tun, ohne vorher mit dir darüber zu sprechen, einverstanden?“ Sie sah das verängstigte Mädchen aufmunternd an.
Schwer seufzend erzählte Nele der Lehrerin von Julias gemeinem, hinterhältigem Plan.
„Und das alles nur, weil Emma damit angegeben hat, dass sie die längeren Haare hat“, schloss sie ihren Bericht und fühlte sich

gleich schon viel leichter ums Herz. Dieses Geheimnis hatte ihr nicht gutgetan.
„Es ist sehr gut, dass du es mir gesagt hast. Ich bin stolz auf dich. Es gibt Geheimnisse, die man einfach nicht für sich behalten darf. Wenn man sich mit einem Geheimnis so schlecht fühlt, dann sollte man sich schnellstmöglich einem Erwachsenen anvertrauen. Der Mutter, dem Vater oder wie du der Lehrerin – oder auch einer anderen Person, welcher man vertraut. Das war die richtige Entscheidung. Es wäre jemand zu Schaden gekommen, wenn du es mir nicht gesagt hättest. Aber Julias Handeln muss Konsequenzen haben, das siehst du doch ein, oder?"
Nele nickte.
„Danke, dass du mir vertraut hast und ehrlich zu mir warst. Jetzt kannst du die Klassenfahrt hoffentlich richtig genießen", sagte die Lehrerin lächelnd und munterte Nele damit sehr auf.

Eine Woche später:
Nach einem längeren Gespräch zwischen der Lehrerin, Emma und Julia war die Klassenfahrt für Julia tatsächlich vorzeitig beendet worden. Die Lehrerin hatte die Eltern des Mädchens über den untragbaren Vorfall informiert und sie gebeten, ihre Tochter noch am selben Abend in der Jugendherberge abzuholen. Die restlichen Tage im Schullandheim verbrachte Nele meist mit Emma und ohne weitere Zwischenfälle. Emma sah ein, dass auch sie eine Mitschuld daran trug, wie sehr sich der Streit unter den Freundinnen hochgeschaukelt hatte. Doch auch Julia hatte zu Hause über alles nachgedacht und eingesehen, dass ihr gemeiner Plan, Emma ein Stück ihres Zopfes abschneiden zu wollen, wirklich total übertrieben gewesen war. Zurück in der Schule entschuldigten die Mädchen sich gegenseitig und vertrugen sich

glücklicherweise wieder rasch. Nele hatte aus diesem Vorfall viel gelernt. Natürlich sollte man die Geheimnisse anderer wahren, die einem anvertraut wurden. Aber nur dann, wenn diese Geheimnisse absolut unschädlich waren und keine negativen Folgen für irgendwen bedeuten würden. Sie hatte es jedenfalls keine Sekunde bereut, dass sie sich in dieser Situation ihrer Lehrerin anvertraut hatte.

Wieder zu Hause angekommen, hatte Nele auch ihren Eltern von den Vorfällen während der Klassenfahrt berichtet. Sie waren sehr stolz auf ihre Tochter, dass diese sich in dem speziellen Fall nicht an ihr Versprechen, das Geheimnis zu wahren, gehalten hatte.
„Das war wirklich eine sehr gute Entscheidung", lobte ihr Vater Nele und die Mutter nickte zustimmend.
Nele hat durch diese Erfahrung gelernt, dass sie ein feines Bauchgefühl hatte, auf das sie

nur zu hören brauchte. Wenn sich ein Geheimnis komisch anfühlt und dazu führt, dass es einem schlecht geht, dann sollte man sich einem Erwachsenen anvertrauen. Das würde das Mädchen jederzeit wieder so machen. Doch sie hoffte, dass sie niemand mehr in eine solch unschöne Lage bringen würde.

Impressum

Fabian Magrutsch
Vitusgasse 7/1/3
1130 Wien

Printed in Poland
by Amazon Fulfillment
Poland Sp. z o.o., Wrocław

12563227R00060